Ricitos de Oro y los tres ositos

Goldilocks and the Three Bears

retold by Kate Clynes
illustrated by Louise Daykin

Spanish translation by Maria Helena Thomas

mantra lingua

Ricitos de Oro se divertía cogiendo flores para su mamá y cada vez se adentraba más y más en el bosque.

Detente y vuelve a casa, Ricitos de Oro,
el bosque es peligroso si se anda solo.

Goldilocks was having fun, collecting flowers for her mum.
She was heading **deeper** and **deeper** into the woods.

Stop Goldilocks, go back home,
Woods aren't safe when you're all alone.

Se encontró una casita con un jardín precioso.
"Me gustaría coger esas flores" -dijo Ricitos de Oro- "Veré si
hay alguien en casa."

She found a cottage with a beautiful garden.
"I want to pick those flowers," said Goldilocks. "I'll see if anyone's home."

Detente, Ricitos de Oro, y llama una vez más,
O hallarás algo horrible y te asustarás.

Stop Goldilocks, knock once more,
There may be something grizzly behind the door.

"Hola" -gritó- "¿Hay alguien en casa?" Pero nadie respondió.

"Hello!" she called, "is anybody home?" But there was no reply.

Sobre la mesa había tres tazones: Uno grande, uno mediano y uno pequeño.
"Mmmmm, avena" -dijo Ricitos de Oro- "¡Con el hambre que tengo!"

On the table were three steaming bowls. One big bowl, one medium sized bowl and one small bowl. "Mmmm, porridge," said Goldilocks, "I'm starving."

Detente, Ricitos de Oro, no lleves prisa.
Podrías encontrar algo que no te dé risa.

Stop Goldilocks don't be hasty,
Things could turn out very nasty.

Ricitos de Oro tomó una cucharada de avena del tazón grande.
"¡Ay!" -dijo. Estaba demasiado caliente.

Goldilocks took a spoonful from the big bowl.
"Ouch!" she cried. It was far too hot.

Entonces probó del tazón mediano.
"¡Qué asco!" Estaba demasiado frío.

Then she tried the middle bowl.
"Yuk!" It was far too cold.

La avena en el tazón pequeño, sin embargo,
estaba fantástica y Ricitos de Oro se la comió toda.

The small bowl, however, was just right
and Goldilocks ate the lot!

Con su barriguita llena entró a la habitación de al lado.

With a nice full tummy, she wandered into the next room.

Espera, Ricitos de Oro, no seas curiosa.
Curiosear casa ajena es mala cosa.

Hang on Goldilocks, you can't just roam,
And snoop around someone else's home.

Frente a la chimenea encendida
había tres sillas.
Una silla grande, una silla mediana
y una silla pequeña.

In front of the warm, glowing fire
were three chairs.
One big chair, one medium sized
chair and one small chair.

Primero Ricitos de Oro se sentó en la silla grande, pero era muy dura.
Luego se sentó en la silla mediana, pero era muy blanda.
La silla pequeña, sin embargo, era perfecta.
Ricitos de Oro se recostó cuando...

First Goldilocks climbed onto the big chair, but it was
just too hard.
Then she climbed onto the medium sized chair,
but it was just too soft.
The little chair, however, felt just right.
Goldilocks was leaning back, when...

¡CRACK! Se rompieron las patas de la silla y cayó al suelo.
"Auch" -gritó- "¡Qué silla más tonta!"

¡Oh, no, Ricitos de Oro! ¿Ahora qué has hecho?
Levántate deprisa y corre un buen trecho.

SNAP! The legs broke
and she fell onto the floor.
"Ouch," she cried.
"Stupid chair!"

Oh no Goldilocks, what have you done?
Get up quick, get up and run.

Ricitos de Oro estaba muy cansada y decidió subir las escaleras.
En el dormitorio había tres camas.
Una cama grande, una cama mediana y una cama pequeña.

Goldilocks felt tired so she made her way upstairs.
In the bedroom were three beds.
One big bed, one medium sized bed and one small bed.

Se subió a la cama grande pero estaba llena de bultos.
Luego se subió a la cama mediana, que era demasiado blanda.
La cama pequeña, sin embargo, era perfecta y pronto se quedó dormida.

She climbed up onto the big bed but it was too lumpy.
Then she tried the medium sized bed, which was too
springy. The small bed however, felt just right
and soon she was fast asleep.

Despierta, Ricitos de Oro, abre los ojos, adelante.
Podrías llevarte una sorpresa GIGANTE.

Wake up Goldilocks, open your eyes,
You could be in for a BIG surprise!

Justo en ese
momento regresaron
a casa los tres osos.
No más tropezar con el cesto
de flores, Papá Oso notó la mesa.

Just then the three bears came home.
After tripping over a basket,
Father Bear noticed the table.

"Alguien se ha estado comiendo mi avena"
-dijo con una voz gruñona.
"Alguien se ha estado comiendo mi avena"
-dijo Mamá Oso con su voz mediana.

"Someone's been eating my porridge," he said
in a loud gruff voice.
"Someone's been eating my porridge," echoed
Mother Bear in a medium voice.

"Alguien se ha estado comiendo mi avena" -dijo Bebé Oso
con su pequeña voz- "¡Y se la ha comido toda!"

"Someone's been eating my porridge," cried Baby Bear in a small voice,
"and they've eaten it all up!"

Tres osos hambrientos, se sienten muy cansados
porque un monstruo come-flores les ha asustado.

Three very hungry bears, feeling slightly wary,
But a flower-collecting monster
doesn't sound too scary.

Cogidos de la mano, se fueron al salón.
"Alguien ha estado sentado en mi silla" -dijo Papá Oso con su voz gruñona.
"Alguien ha estado sentado en mi silla" -dijo Mamá Oso con su voz mediana.

Holding hands, they crept into the living room.
"Someone's been sitting in my chair,"
said Father Bear in a loud gruff voice.
"Someone's been sitting in my chair,"
echoed Mother Bear in a medium voice.

"Alguien ha estado sentado en mi silla" -dijo Bebé Oso
con su pequeña voz- "¡Y la ha roto!"
Bebé Oso se echó a llorar.

"Someone's been sitting in my chair," cried Baby Bear
in a small voice, "and look, they've broken it!"
He burst into tears.

(b)

Los tres osos estaban muy preocupados y subieron silenciosamente las escaleras.

Now they were very worried. Quietly they tiptoed up the stairs into the bedroom.

Tres osos ansiosos que temen tropezar con un monstruo rompe-sillas de tamaño ejemplar.

Three grizzly bears, unsure of what they'll find,
Some chair-breaking monster of the meanest kind.

"Alguien ha estado durmiendo en mi cama" -dijo Papá Oso con su voz gruñona.

"Someone's been sleeping in my bed," said Father Bear in a loud gruff voice.

"Alguien ha estado durmiendo en mi cama" -dijo Mamá Oso con su voz mediana.

"Someone's been sleeping in my bed," echoed Mother Bear in a medium voice.

"Alguien ha estado durmiendo en mi cama" -chilló Bebé Oso con una voz no muy pequeña- "¡Y mirad!"

"Someone's been sleeping in my bed," wailed Baby Bear in a far from small voice, "and look!"

El chillido despertó
a Ricitos de Oro y
ésta gritó.

The noise woke
Goldilocks up and she
screamed.

Mientras los osos se recuperaban
del susto...

While the bears were
recovering from their shock...

Ricitos de Oro saltó de la cama, corrió escaleras abajo,
agarró su cesto vacío y salió corriendo.

Goldilocks leapt out of bed, ran down the stairs,
grabbed her empty basket and fled.

Ya ves, Ricitos de Oro, esto te
lo mereces,
los osos te asustaron y con creces.
Pero yo sé un secreto, un poco a tu favor,
los osos también quedaron llenitos de pavor.

Well Goldilocks, it serves you right,
Those bears gave you a terrible fright.
But here's a secret that must be shared,
The three poor bears were just as scared!